¡DINO MÍTICOS!

DE DOUG PALEO

ILUSTRADO POR AARON BLECHA

CAPÍTULOS

POR SÍ MISMOS, NO SON MÁS QUE CUATRO SIMPÁTICOS DINOSAURIOS.
NOMBRE: TERE-DÁCTILO. MOTIVADO, TENAZ Y AMBICIOSO, SIEMPRE DISPUESTO A ALZAR EL VUELO ANTE CUALQUIER DESAFÍO.
FORTALEZAS: CEREBRO RÁPIDO Y DE ALTOS VUELOS.
DEBILIDADES: NO MUCHAS, LA VERDAD.
DR. PIZZA
NOMBRE: DAVE. LE ENCANTAN LOS CUPCAKES, LA PIZZA, LOS VIDEOJUEGOS, LEVANTAR PESAS Y LAS ZAPAS GUAPAS.
FORTALEZAS: SU FUERZA, LITERALMENTE. ESTÁ MAZAS QUE NO VEAS.
DEBILIDADES: LA PIZZA, LOS CUPCAKES... Y MÁS PIZZA.

NOMBRE: **T-LEX.** LE ENCANTA DAR ABRAZOS INCÓMODOS.
FORTALEZAS: TIENE UN RUGIDO LEGENDARIO. DA MIEDO LO FUERTE QUE PUEDE RUGIR.
DEBILIDADES: LAS SELFIES.

NOMBRE: **BACH.** ES UN POLLO LISTO. LOS DEMÁS DINOSAURIOS SE LO ENCONTRARON CRUZANDO LA CALLE.
FORTALEZAS: ES MUY INTELIGENTE, PIENSA UN HUEVO.
DEBILIDADES: ESCRIBE ARAÑANDO CON LAS PATAS Y SOLO SABE DECIR UNA PALABRA: BOK. COMO TODO GENIO, A MENUDO ES INCOMPRENDIDO.

Y JUNTOS SON...
¡DINO

ÍTICOS!

CAPÍTULO
1
¡PROBLEMAS A LA VISTA!
CUARTEL SECRETO DINOMÍTICO
MUD
Pp

EN UNA ÉPOCA DE DINOSAURIOS, EN UNA CIUDAD DE DINOSAURIOS, MUY MUY LEJOS...
¡Un moka de musgo para Brock!
MUD
¡COF! ¡COF!
Quería decir... ¡BACH! Lo siento, me duele la garganta... la alergia...
¿Te importaría apagar eso? Es demasiado temprano para una de tus ideas brillantes...
?
¡POOF!
¡Por fin! ¡Una pastilla lo suficientemente larga para mi cuello!
BACH NO ES PRECISAMENTE UN CABEZA DE CHORLITO...

VIDEOJUEGOS...
¡PEW! ¡PEW! ¡PEW! ¡PEW! ¡PEW!
ZAPAS NUEVAS...
PIZZA CALIENTE...
Es genial ser Dave.
¿A QUE SÍ?

Y ahora, el triceratops bocabajo.
Qué mejor manera de empezar el día.
¡SELFIE!
¡JOPÉ!
¡OTRO PRIMER PLANO DE MI BARBILLA!

Sin esfuerzo no hay recom-pensa.
¡FLAP! ¡FLAP! ¡FLAP!
¡DING!
¡DMAIL!
Para: dinomiticos@dmail.com
De: anonimosaurio@dmail.com
NO mire$ ahOra perO hay prOblema$ a la VI$+a
MEJOR ESO QUE TENER PROBLEMAS DE VISTA, PERO BUENO.
¡DING! (OTRA VEZ)
¡Mu@h@h@!
O-OH, UNA RISA MALVADA... ¡MAL ROLLO!

¡Parece un trabajo para los Dinomíticos!
¡RING! ¡RING! ¡RING! ¡RING!
BLAH BLAH BLAH
¡RING! ¡RING! ¡RING! ¡RING!
TERI
SELFIE
LLAMADA ENTRANTE
¿Sí?
¿Dígameee?
¿BOK?

¡PROBLEMAS A LA VISTA!
Al menos no son de vista.
Ni de dentista.
GRRR...
Reuníos conmigo en nuestro escondite secreto.
De acuerdo.
Entendido.
¡BOK!

EN DINÓPOLIS, LOS DINOMÍTICOS VIAJAN POR... ¡EXACTO! ¡TOBOGÁN ACUÁTICO!

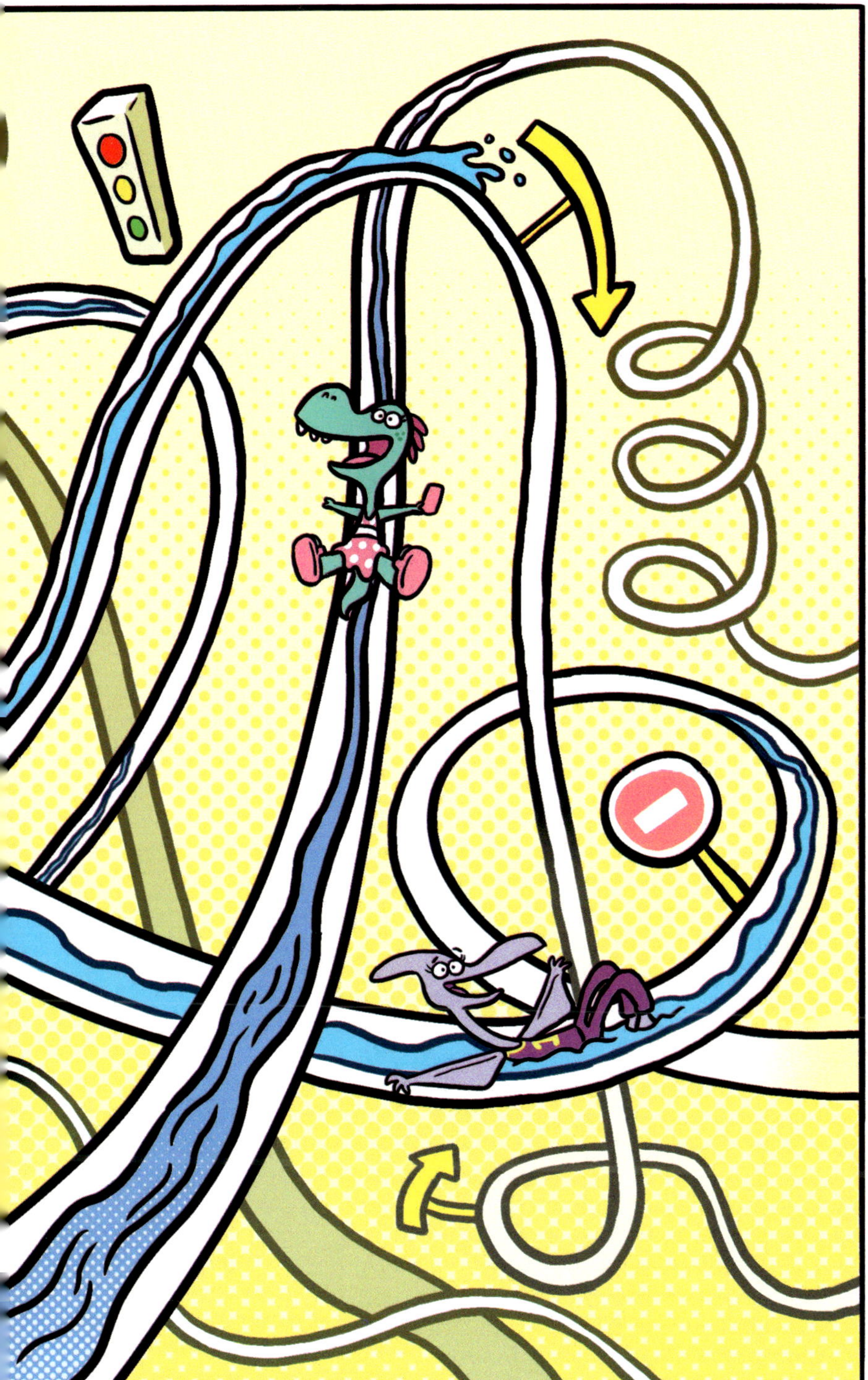

¡SELFIEEE!
¡BOK!
¡YUUJUUU!
JUEGOS JURÁSICOS
PEW!
PEW!
PEW!
PEW!
PEW!
No, tengo trabajo.
Selfie Saurus BOUTIQUE
Jopetas, tengo que trabajar.
LECTORAPTOR FIRMA DE LIBROS
¡HOY!
LIBRARY
¡Bok!
ÉL TAMBIÉN TENÍA TRABAJO.

ATENCIÓN.... ¡EL ESCONDITE SECRETO DE LOS DINOMÍTICOS!

¡Rápido! Necesito que veáis este d-mail tan críptico.
CUARTEL SECRETO DINOMÍTICO
¡ROAR!
AQUÍ
POR AQUÍ
¡CS!
ASÍ QUE LE ECHARON UN VISTAZO AL D-MAIL...
¿QUÉ SIGNIFICA ESO?
BANCO
¡JA, JA, JA!
BIBLIOTECA
PIZZA
CERRADO
¡NOOOOO!

Me pregunto…
Si podría ser cosa del Mamut Matón. Se ve que va diciendo por ahí que es nuestra némesis número uno.
¡JA, JA, JA!
¡GULP!
eek
Sé de algo que nos ayudará.
¿Sí?
¿Sí?
¿Bok?
¡UN ABRAZO DE GRUPO!

ABRAZO INCÓMODO
Media hora más tarde...
ABRAZO INCÓMODO
¿Ayuda o no?
Pues no mu-cho.
En absoluto.
Bok.
BUENO... LA INTENCIÓN ES LO QUE CUENTA.
¿Lo dejamos por hoy?
Lo consulta-remos con la almohada...
¡Nos vemos a primera hora en el Paleo Pub!

ZZZZZZZZZZ
MR. PIZZ
ZZZZZZZ

ESTA ES LA GUARIDA DE DIPLODOCUS Y DIPLOTONTUS, UNOS MALOS EXTRAORDINARIOS.
CASA ENCANTADA
¡FUERA!
CUIDADO CON EL VILLANO
¿QUÉ TE PARECE MI ÚLTIMO DISFRAZ?
¡Silencio! Estoy redactando otro d-mail malvado. Olvídate del Mamut Matón. ¡Pronto volveremos a ser la archinémesis de los Dinomíticos!
¡Eh! ¿Dónde está Diplotontus? ¡Yo solo veo a Cabezatronco!
Yo lo llamaría mejor Boladederribo.
¡CRASH!
OK, QUIZÁ SOLO SON MALOS, SIN LO DE EXTRAORDINARIOS.

Les hemos dicho a los Míticos que había problemas a la vista, pero ¿de qué tipo? Esa es la cues-tión.
Podemos poner colorante verde en el tobogán de agua.
Ya lo hicimos la semana pa-sada. Además, no fue nada malo… solo divertido.
¡CHÓ-CALA!
PIENSA COMO UN MALO… MUY MALVADO.
Ya lo sé, lo intento…

MIENTRAS TANTO... DE BUENA MAÑANA...
Paleo Pub
PP
Tenemos que descubrirlo. ¿Alguna idea sobre quién lo pudo enviar?
¡BOK!
???
Primero, lo más importante: ¿pedimos?

¿Qué va a ser?
Yo, lo de siempre.
¿Lo de siempre?
Dos tortillas con pollo.
¡BOK!
¡BOK!
Esto... mejor dos tortitas con pepperoni.
¡BOK!
A VECES SÍ COMPRENDEN LO QUE DICE BACH.

ENTRETANTO...
¿Tienes una idea?
flicker
¿Qué?
Tienes una idea. ¡Mira!
Vaya, ¿qué te parece eso?
Vamos, ¿qué idea es?
d

¡FASTIDIAR A LOS DINO-MÍTICOS, HACERNOS RICOS Y SER LOS PRIMEROS EN LA LISTA DE NÉMESIS!
UNICEJO MAL-VADO FRUNCIDO.
MIRADA MORTAL.
TÍPICO MAL ALIENTO DE MALO.

CAPÍTULO 2
DOS DINOS MALOS
LOS HUEVECITOS DORADOS SON LAS JOYAS MÁS VALIOSAS DE DINÓPOLIS Y ALREDEDORES.
LOS DINOMÍTICOS LOS DESCUBRIERON DURANTE LA PRIMERA FIESTA DE FÓSILES Y SU HALLAZGO ACAPARÓ LOS TITULARES DE TODO EL MUNDO. SIN DUDA FUE UNO DE LOS MEJORES LOGROS DEL EQUIPO.

LOS HUEVECITOS DORADOS ESTÁN GUARDADOS Y VIGILADOS EN EL CASTILLO DE COSMOS.
BAJO LA ATENTA MIRADA DEL PROPIO COSMOS, UN FEROZ VELOCIRAPTOR.
¿SU LEMA? MUERDE PRIMERO Y PREGUNTA DESPUÉS.
Y A VECES NI SIQUIERA PREGUNTA.

DIPLODOCUS Y DIPLOTONTUS TAMBIÉN SE ENFRENTAN A UN DILEMA. ¿CÓMO PODRÍAN PONER SUS SUCIAS PATAS SOBRE LOS PRECIOSOS HUEVECITOS PARA FASTIDIAR A LOS DINOMÍTICOS?
Robaremos los Huevecitos Dorados y los Dinomíticos no podrán detenernos.
Lo que será...
Humillante para los Míticos y nos permitirá recuperar el número uno en la lista de némesis.
Lo que es...
Una manera genial de pasar el día.
¡POP!
NO SON PRECISAMENTE LOS CUADRÚPEDOS MÁS BRILLANTES, QUE DIGAMOS, PERO ESO NO EVITARÁ QUE LO INTENTEN.

Pero unos grandes matones peludos vigilan los huevos en el castillo de Cosmos.
SÍ, COSMOS NO ES EL ÚNICO SER TEMIBLE DEL CASTILLO.
No todos son peludos.
¿No?
No. También los hay con escamas, con plumas...

¿GRANDES, PELUDOS, CON ESCAMAS Y PLUMÍ-FEROS?
Pues sí.
¿Sabes qué parte me da más miedo?
¿La de las plumas?
¡LA DE QUE SON GRANDES!
Bueno... ¿cómo burlaremos a esos vigilantes grandes, peludos, con escamas y plumas sin que nos aplasten?
Eso me arrui-naría el día...

Tengo una idea.
¡bink!
Ya lo veo.
Contaremos a los Dinomíticos que los Huevecitos Dorados corren peligro. Cuando vayan a investigarlo, les seguiremos. ¡Y luego nos llevaremos esas bellezas doradas!
¿Pero cómo conseguiremos los Huevecitos si los Míticos están por allí?

Los Dinomíticos distraen a los guardias contándoles que los Huevecitos corren peligro.
Y mientras tanto, aprovechando que no los vigilan, ¡entramos y robamos los huevos!
PLAN MALVADO SECRETO
¿Enviamos otro d-mail a los Dinomíticos?
Vamos allá.
BONG

CLACKITY CLACK CLACK
Para: dinomiticos@dmail.com
De: anonimosaurio@dmail.com
Asunto: HuevitO$ DOradO$ en peligrO
ENVIANDO...
JE JE JE JE
JE JE JE
JE JE JE JE
JE JE
JE
JE

HABÍA PROBLEMAS A LA VISTA, DE ACUERDO. LA CUESTIÓN ERA, ¿QUÉ PODÍAN HACER?
FUERA DE SERVICIO
TAMBIÉN
FUERA DE SERVICIO

EN LA SALA DEL CRÁNEO DE SU ESCONDITE SECRETO, LOS DINOMÍTICOS TRAZARON UN PLAN...
Bueno, ¿qué haremos?
Lo mismo de siempre.
¿Es decir...?
Unir nuestras mentes.

NO FUNCIONÓ.
BING
Quizás si...
¡WHOOSH!

QueridO$ DinOmí+icO$,
POr favOr, ayudA. LO$ HuevecitO$ DOradO$ cOrren peligrO.
Es+án @ pun+O dE rObarlO$ deL ca$+illO de CO$mO$...
¡Ajá! ¡Los Huevecitos Dorados!
Super-valiosos.
Incalculables.
Bok.

Tenemos trabajo.
¡VENGA! ¡VAMOS!
¿Adónde vas? Envía un d-mail a Cosmos y avísale de que los huevos corren peligro.
No puedo. Cosmos está chapado a la antigua. No tiene ni ordenador ni teléfono.
No hay tiempo que perder. ¡Vamos!

je je je je je
¡Ja! Han mordido el anzuelo.
¿Quieres saber cuál es el último disfraz que se me ha ocurrido?
Claro.
Yo me disfrazo de ti y tú te disfrazas de mí.
Eso es o extremada-mente astuto o extremada-mente estú-pido.
UNA PISTA: EXTREMADAMENTE ASTUTO NO ES...

¡El castillo de Cosmos está a un porrón de kilómetros de aquí!
No para un pterodáctilo volador.
¡BOK!
bok.
ESTO PODRÍA SIGNIFICAR QUE, COMO PLUMÍFERO, A BACH LE GUSTÓ LA IDEA DE VOLAR.
AUNQUE TAMBIÉN PODÍA SIGNIFICAR «¿ALGUIEN SABE DÓNDE PODEMOS CONSEGUIR UN COCHE?».

No. Volar no es una opción para mí.
Bok.
Ni por asomo.
Buen intento, Bach.
¡CHÓ-CALA!
De acuerdo, plan B.
LÁSTIMA QUE NO TUVIERAN NINGÚN PLAN B.

TODAVÍA NO, AL MENOS...
¿A alguien se le ocurre alguna idea?
En voz alta, por favor. No puedo leer lo que pensáis.
Bok.
Avión.
Da igual.
¿Y en coche? ¿Qué os parece si vamos en coche?
BOK.

¿Alguien sabe dónde podemos conseguir uno?
¿O cuatro?
Tengo una idea.
¿Sí?
Sí, ¿por qué? ¿Qué pasa?
Que no te ha salido ninguna bombilla sobre la cabeza.
¿Queréis oír mi idea o no?
Sí, adelante.
El Circuito Rugiente. Ese lugar está lleno de coches.
Buena idea.
CIRCUITO RUGIENTE
Excelente.
TAMPOCO TANTO...

CAPÍTULO 3
¿SABES DECIR «VIAJE»?
CIRCUITO RUGIENTE
COCHES A TROPEL... HAY DONDE ELEGIR.
¿Qué se proponen?
¡SWOOSH!
¡Chitón! Estemos atentos.

Necesitamos cuatro vehículos.
!
¿Perdone?
Coches rápidos. Vamos.
¿Cómo dice?
PSST
PSST
PSST
¿Por favor?
ESO ESTÁ MEJOR.

WOOO-HOO
VROOOM!
¿Has visto eso?
¡Les ha prestado los coches sin más!
¡A nosotros eso seguro que no nos funcionaría!
Ya lo sé. ¿Te acuerdas de la última vez?

AÑOS ANTES, DOS MALOTES...
Me llamo Diplotontus. ¡Dame esos caramelos!
Eh, colega, ¿la mitad de tu nombre es «tontus»?
JA
JA
JA
JA
JA
JA
JA JA JA JA JA JA JA JA JA JA JA JA JA JA JA JA JA JA JA JA JA JA JA JA

Esto... necesitamos otro plan...
Sí. Esperemos hasta que oscurezca.
SNEAK
SNEAK
SNEAK
PICK
PICK
PICK
¡Eh, Diplodocus!
AQUÍ ESTÁ
¡CABEZATRONCO!

¿Dónde están los coches?
A ver...
¿Qué clase de circuito es este?
Allí hay algo.
Eso valdrá, supongo...
LOS TRASTOS DE LOU
JE JE JE
SQUEE SQUEE SQUEE

LOS MÍTICOS ESTUVIERON CONDUCIENDO TODA LA NOCHE Y PARTE DEL DÍA SIGUIENTE.
¡BEEP! ¡BEEP!
POR MONTAÑAS Y BOSQUES...
¡VROOOM!
¡VROOOM!

MÁS MONTAÑAS... Y MÁS BOSQUES...
¿FALTA MUCHO?
SÍ, DAVE ES UNO DE ESOS DINOSAURIOS.
¿¡BOK!?
¡VRROOOM!

Y COMO EN TODOS LOS VIAJES, DE VEZ EN CUANDO HAY QUE PARAR PARA... BUENO, YA SE SABE...
SKREEE
NECESIDADES.
Ah, la civilización.
ENTONCES DAVE OLIÓ ALGO...
SNIFF
SNIFF
SNIFF
Si no me equivoco...

Creo que son cupcakes.
SNIFF SNIFF
SNIFF
NO ERA PIZZA, PERO BUENO.
DAVE NO SE PARÓ A PENSAR LO QUE IMPLICARÍA APARTARSE DEL GRUPO, NI CÓMO PODÍA SER QUE HUBIERA CUPCAKES EN MEDIO DEL BOSQUE.
SNIFF
SNIFF
SNIFF
A VECES SU NARIZ O SU BARRIGA PUEDEN MÁS QUE SU CABEZA...
SNIFF SNIFF
SNIFF
NO PODÍA SOSPECHAR QUE...

AH, LOS TEMIBLES RIMOSAURIOS... UNA PAREJA DE VÁNDALOS QUE ENGAÑABAN A LOS INCAUTOS PARA QUE SE PARARAN A ESCUCHAR SU POESÍA ATROZ.
Una a una, sí.
Seguro que funciona.
Los atraeremos...
¡Y les podremos leer nuestras poesías!
ESO SÍ QUE ES SER MALO...
Y cuando intenten marcharse, ¡los obligaremos a quedarse!
¡Gracias a nuestras rimas, no podrán escaparse!

SNIFF
SNIFF
SNIFF
Voilà!
A esto lo llamo yo un buen día.
¿Sospechosamente bueno? No...
R
AUNQUE PENSÁNDOLO MEJOR...

Dinos buenos, dinos bueeenos...
Come los que quieras...
¡Son un regalo!
¿Podríais darme un poco de ventaja?
¿Un poco de mucha ventaja?
¡AAHHHHHHHH!

¿Alguien ha visto a Dave?
¡AAHHHHH!
ENTONCES FUE CUANDO OYERON ALGO.
GRANDES... MALOS... FEOS... TEMIBLES...
¡CRASH!
¡RIMOSAURIOS!
¡Escuchad lo que os vamos a contar!
¡Veréis que no se puede mejorar!

¡ROAR!
¡SNAP!
¡A los coches!
¡VRROOM!

¡CHOMP!
SCREEEEE
EEEK
¡BING!

¡BUUR

RP!

¡YUJUU!
¡Dino! ¡Dino! El bosque brilla como un pe...
Vale, déjalo ya.
¿Cómo ibas a terminar la rima...?

CAPÍTULO 4
NADANDO COMO PERRITOS
¡Yuujuu!
¡Bok!
¡SCREEECH!
¿Y ahora qué?
EXACTO, ¿Y AHORA QUÉ?
Parece que solo nos quedas tú, Tere. Dale a esas alas.
Somos un equipo, ¿recordáis?

Por las montañas y los bosques...
SQUEAK SQUEAK
SQUEAK SQUEAK
SQUEAK SQUEAK
SQUEAK SQUEAK
SQUEAK SQUEAK SQUEAK SQUEAK SQUEAK SQUEAK
SQUEAK SQUEAK
SQUISH SQUISH
SQUISH SQUISH
¿Falta mucho?
DIPLOTONTUS TAMBIÉN ES UNO DE ESOS DINOS. PERO ESTA VEZ POR UN BUEN MOTIVO. SUS PATAS NO DABAN PARA MÁS.

NO PODÍAN SOSPECHAR QUE...
SQUEAK SQUEAK
POP!
¡Caramba!
Otra ocasión para rimar.
¡No la dejemos escapar!
¡SOCORRO!

Prepara tu oído...
¿Qué es ese ruido?
SQUEAK SQUEAK SQUEAK
SQUEAK SQUEAK SQUEAK SQUEAK SQUEAK SQUEAK
R
¡CRASH!
¿Sabes? Cada vez me gusta más tu disfraz.
SQUEAK SQUEAK SQUEAK

Dinomíticos en misión oficial. Necesitamos esa *balsa*.
¿Perdone?
Tenemos prisa. Déjenosla.
¿Cómo dice?
¿Puede dejarnos su balsa… por favor?
¡UNA PALABRA REALMENTE MÁGICA!

Genial, ¿cómo lo cruzaremos?
¿Sabes nadar como los perritos?
Mejor que volar como las mariposas.
Siem- pre he querido apren- der a bucear.
COMO SI ESO NO FUERA EVIDENTE.
Es demasiado lejos para llegar buceando.
¿Tienes una idea mejor?
Claro. Un yate, un crucero, una canoa, un colchón hinchable.
¡Algo que podamos usar ahora!
Ah, enton- ces nada.
EN ESE CASO...

¡SPLASH!
BLUB BLUB
BLUB
BLUB BLUB
INTENTA ANDAR BAJO EL AGUA,
YA VERÁS COMO NO ES FÁCIL.

NI SIQUIERA EN BALSA RESULTÓ SENCILLO.
¿Falta mucho?
Dave...
Bok...
Mirad... ¡El castillo de Cosmos! ¡Hemos llegado!
¿Ya? ¿Dejo de remar?
Ya se divisa, pero tendrías que seguir un poco más, Dave.
Ah, vale.
Bok.

NO PODÍAN SOSPECHAR QUE PRONTO TENDRÍAN PROBLEMAS. DE HECHO, NO PODÍAN PORQUE VENÍAN POR DEBAJO DEL AGUA.
¡CRASH!
¡TIERRA!
Hemos llegado. Vamos, llegaremos enseguida.

DIPLODOCUS Y DIPLOTONTUS SEGUÍAN CON SU PERSECUCIÓN FRENÉTICA. BUENO, MÁS QUE FRENÉTICA, FRENADA. POR EL AGUA, CONCRETAMENTE.
?
BLUB BLUB BLUB
ESTO SIGNIFICA O BIEN «¿FALTA MUCHO?» O «¿QUIÉN ME HA MANDADO LEVANTARME ESTA MAÑANA?».
ESTO SIGNIFICA O BIEN «SÍ, ¿NO LO VES? TODAVÍA ESTAMOS BAJO EL AGUA» O «NO ENTIENDO LO QUE ME DICES».
BLUB BLUB BLUB
BLUB BLUB BLUB BLUB
BLUB BLUB BLUB BLUB

MIENTRAS TANTO, LOS DINOMÍTICOS...
Vamos.
Y FUERON. PERO TARDARON BASTANTE EN LLEGAR DESDE LA ORILLA AL CASTI-LLO. DE HECHO, TARDARON TANTO QUE UN PAR DE MALOS PUDIERON ALCANZARLOS. BUENO... MÁS O MENOS.

CAPÍTULO
5
EL CASTILLO DE COSMOS
CERRADO

BLUB BLUB BLUB BLUB
No es necesario que sigas hablando así, ya no estamos bajo el agua.
Oh.
Decía que no soporto más todo ese blub, blub, blub.
Pues ya somos dos.
¿Sabes? Esto de bucear no es para tanto.
Ya te digo.
¿Qué me dices? ¿Que esto de bucear no es para tanto?
...
SÍ, MÁS TONTO Y NO NACE.

Un momento. Deberíamos sincronizar nuestros relojes.
Pero si no llevamos reloj.
Ya lo sé, pero siempre había querido decirlo.
Vamos a robar esos huevos.
¡GULP!
No me digas que te da miedo la oscuridad.
Vale, pues no te lo diré.
¿Sabes qué me ayudaría?
Una idea.

De acuerdo, una idea:
No tiene sentido temer a la oscuridad. ¿Vamos o qué?
No, una idea de verdad, como cuando te sale una bombilla sobre la cabeza.
¿Qué?
Concéntrate. Que sea buena.
¡ESTÁS CHIFLADO!
Hazme caso.
¡ERRRGGH!
¿DE VERDAD? ¿ASÍ ES CÓMO SE CONCENTRA?
bink.
Ahora vayamos a por esos huevos.

¿Y los guardias del castillo?
¿Qué les pasa?
¿Y si no nos dejan pasar?
Pues utilizaremos nuestra arma secreta.
Oh, vaya...
SÍ, EL RUGIDO DE T-LEX ERA LEGENDARIO.
Un momento. ¿No es la semana de los Guardias de Seguridad Nacional?
¿De verdad? ¿Eso existe?
Sí. Todos los guardias se toman la semana libre.
¿Y QUÉ HACEN CUANDO NO TRABAJAN?
MUCHAS COSAS.
LO QUE LES GUSTA.

Genial. Puedes ahorrarte el rugido, T-Lex. Vamos allá.
¿Lo véis? La semana de los Guardias de Seguridad Nacional.
CERRADO
¡LARGO DE AQUÍ!
Pues sí.
Cerrado... claro. Supongo que no podrás abrirlo a base de rugidos, ¿verdad T?
¡ROAR!
¿Tú qué piensas, Bach? ¿Crees que podemos derribarla?
BOK.
BACH ES UN POLLO CON RECURSOS.

¿Qué tal?
Genial. Porque fastidiaremos a los Dinomíticos...
... robaremos algo valioso...
... y preciado...
Y ya no estamos a oscuras.
¡TRIP!
¡GAH!
¡Rápido! ¡Necesitamos otra idea!
LO ESTOY INTENTANDO, LO ESTOY INTENTANDO.

¿Nada?
¡QUE YA VA, YA VA!

¡GULP!
Esto... Bueno... Mmh...
A VECES ES DIFÍCIL TENER BUENAS IDEAS.

Espera, T. Guárdate ese rugido.
Dave y Bach, vuestro turno.
¿El qué?
Que hagáis algo. Para poder entrar.
¿Qué me dices, Bach? ¿Hacemos aquello?
HA DICHO «AQUELLO». ESO SIGNIFICA QUE SABEN QUÉ HACER.
CLICK
Me gusta cómo ha sonado eso.
CLUCK
Y eso también.

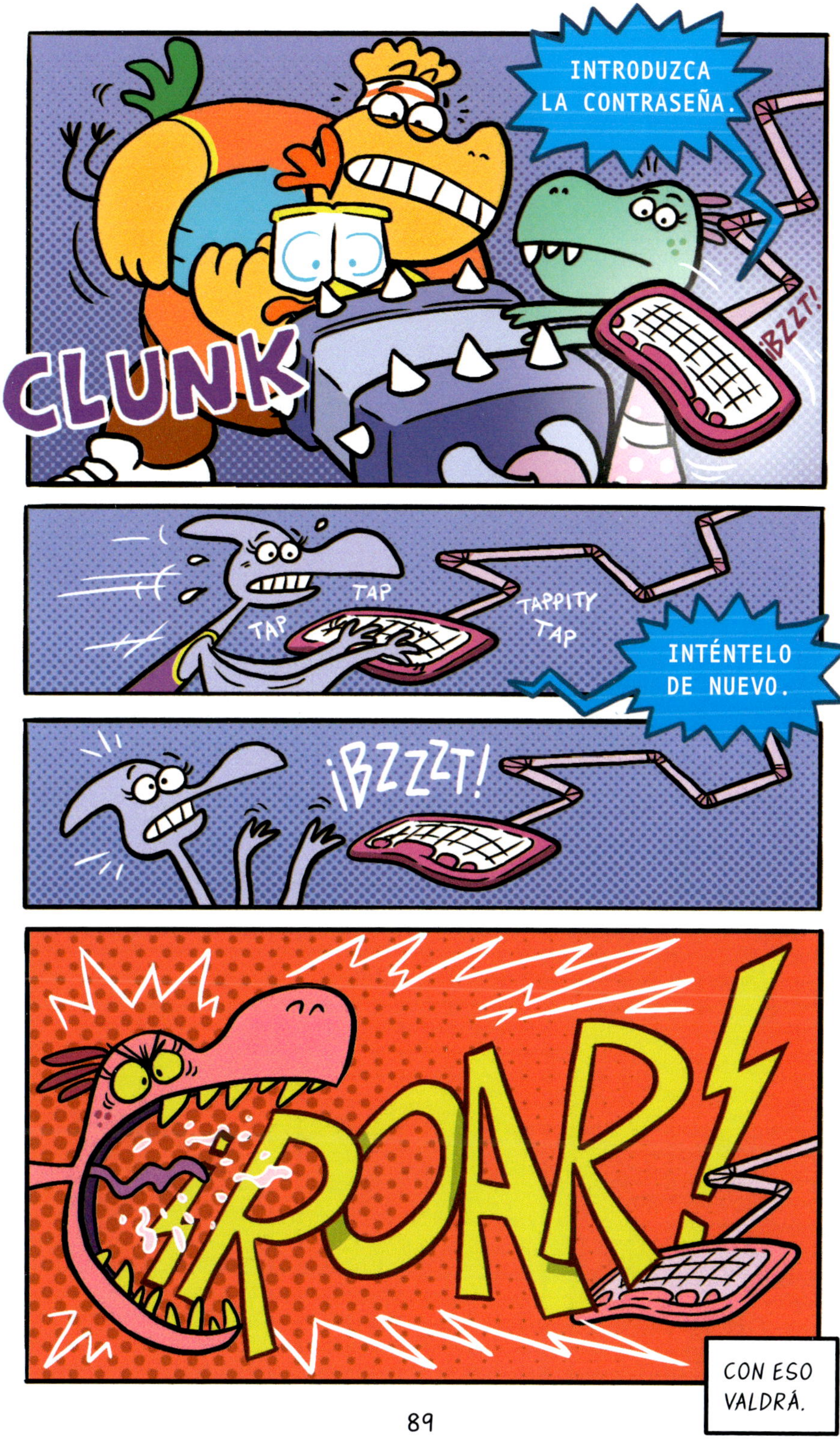
INTRODUZCA LA CONTRASEÑA.
CLUNK
¡BZZT!
TAP
TAP
TAPPITY TAP
INTÉNTELO DE NUEVO.
¡BZZZT!
¡ROAR!
CON ESO VALDRÁ.

Vamos a buscar los huevos. Quizá estén en una cámara secreta...
¿Por dónde empezamos?
SNIFF SNIFF
¿Qué os parece la cocina?
TENÍA TANTA HAMBRE QUE SE HABRÍA CONFORMADO CON UN TÉ Y UNAS PASTAS.
SNIFF SNIFF SNIFF
¿Qué os parece lo de empezar por la cocina?
Dave, tenemos una misión.
Lo sé, lo sé...
Deberíamos tener una señal por si alguno de nosotros necesita ayuda.
¿Un aullido escalofriante?
Eso servirá.
¿BOK?
? ? ?
CREO QUE DICE «¿Y YO QUÉ?».

CAPÍTULO 6
Y YO QUÉ
Echo de menos mi tronco.
¿Qué? Ah, tu disfraz...
Sí, era... bueno... uno de tus disfraces más interesantes.
¡Nos ha sacado de apuros muchas veces!
Ya encontraremos alguna pantalla de lámpara en el castillo.
Me encantan las pantallas de lámpara.
NO ES UN TRONCO VACÍO, PERO TAMBIÉN SERVIRÁ.

MÁS TARDE... EN LA ENTRADA DEL CASTILLO...
Quédate aquí. Volveré enseguida.
Nada, ni una sola pantalla...
¿Qué clase de castillo no tiene lámparas con pantalla?
A ver, ponle imaginación.
No es lo mismo, pero...
Lo siento, no había pantallas.
DE HECHO, ES TODO LO CONTRARIO.

Me encanta. Es mucho mejor que una pantalla de lámpara.
YA NO ERA CABEZATRONCO, PERO CABEZASOFÁ TAMPOCO ESTABA MAL.
Quizá haya una puerta trasera.
¡SNAP!
CRACKLE
¡POP!
SHHHHHH
SHHHH

¿OS LO PODÉIS CREER?
¡PASTAS!
SNIFF
SNIFF
SNIFF
MUNCH MUNCH
MUNCH
MUNCH
MUNCH
MUNCH

¿BOK?
SÍ, ESTABA SOLO...
¿BOK?
¿DÓNDE SE HABÍAN METIDO?
¿BOK?
DE ESO SE ACORDARÍA, TENÍA UNA MEMORIA DE...
MAMUT LANUDO.

¿Dónde crees que estarán esos huevos?
En alguna cámara secreta. Es donde yo guardaría las joyas.
Si encontramos la cámara, encontraremos los huevos.
Exacto.
LO TENÍAN A HUEVO.
¡BUURP!
PASTAS... ¿QUIÉN IBA A DECIRLO?
¿BOK?
???
PUERTA TRASERA
Voilà!

¡Eh! ¿Dónde estáis?
¿BACH?
¿TERE?
¡SLAM!
T-LEX?
¡BANG!

?
PUSH
¡BOK!
¿UN TOBOGÁN PARA LA ROPA SUCIA?
¡WHOOOSH!
¡WHOOOSH!
¡WHOOOSH!
¡WHOOOOOSH!
¡WHUMP!
¡BOK!

¿BACH?
¿TERE?
¿T-LEX?
Ah, ya lo tengo.
Ya sé cómo reunirlos.
¡AHHHHH!
LA SEÑAL: EL AULLIDO ESCALOFRIANTE.

¿DÓNDE ESTÁIS, HUEVECITOS? NO PODEMOS PROTEGEROS SI NO SABEMOS DÓNDE ESTÁIS.
¡AHHHHHHHH!
¿Me lo ha parecido o era un aullido escalofriante?
Yo he tenido un escalofrío.
¿Era Dave?
Bueno, Bach seguro que no era.
EN EFECTO.

AUNQUE EN ESOS MOMENTOS A BACH LE HABRÍA GUSTADO PODER SOLTAR UN AULLIDO ESCALOFRIANTE.
Bok... Bok...
¡BOOOK!
VAYA, AL FINAL LE HA SALIDO LO MISMO DE SIEMPRE PERO MÁS LARGO.
SONÓ BASTANTE FUERTE PARA TRATARSE DE UN POLLO... PERO NO LO SUFICIENTE PARA QUE SE OYERA FUERA DE LA MAZMORRA.
???
Dave tiene problemas. Vamos.
¿Qué estará haciendo Bach?

¡Rápido! ¡El teléfono!
Voy.
¡T-Lex, he dicho rápido!
Es que… no hay cobertura.
¡Dave! ¡Bach!
¿Dave?
No son *cupcakes*, pero no hay duda de que esto lo ha dejado Dave.
¡DAVE!
Mmm… no está mal.

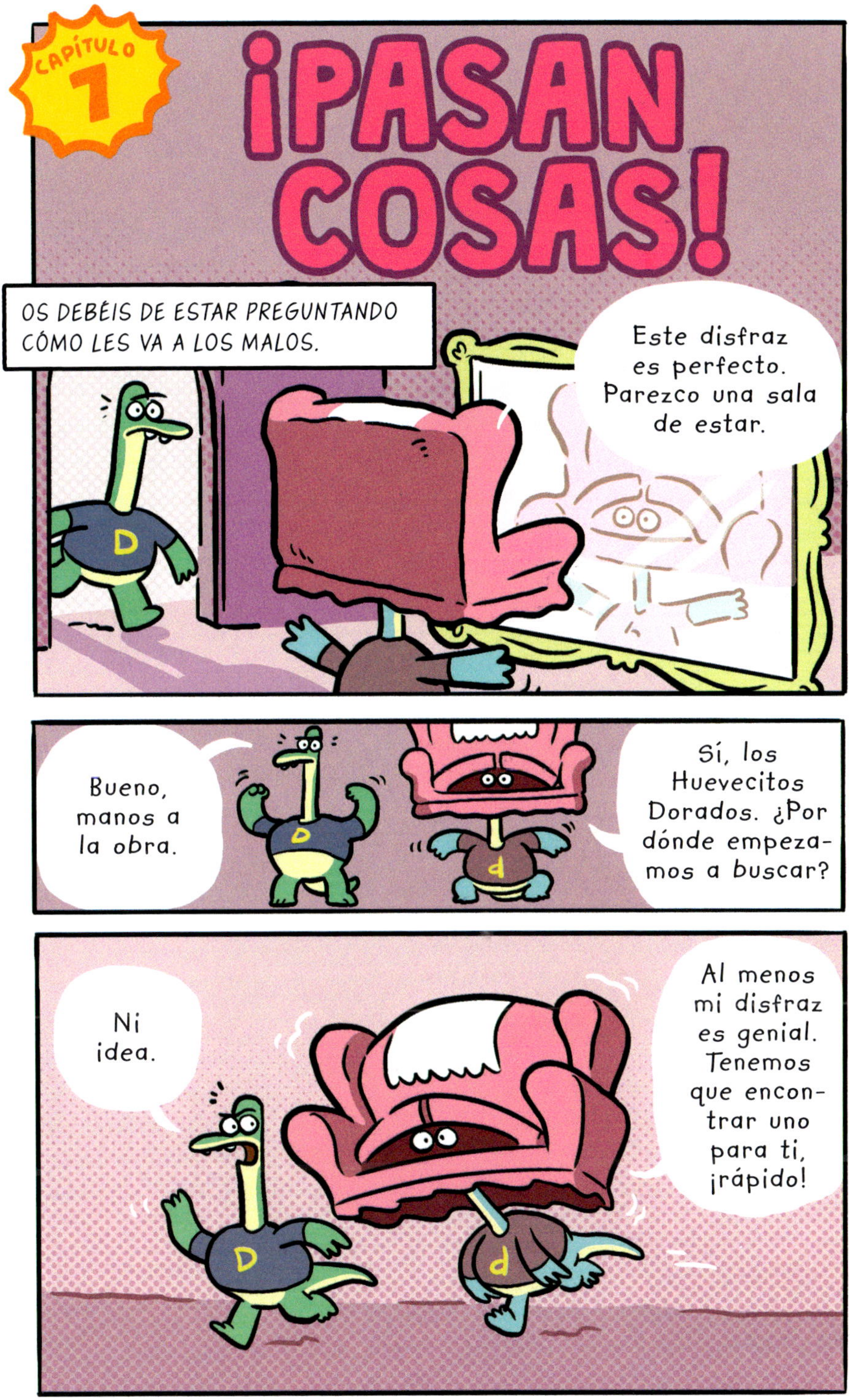

CAPÍTULO 7
¡PASAN COSAS!
OS DEBÉIS DE ESTAR PREGUNTANDO CÓMO LES VA A LOS MALOS.
Este disfraz es perfecto. Parezco una sala de estar.
Bueno, manos a la obra.
Sí, los Huevecitos Dorados. ¿Por dónde empezamos a buscar?
Ni idea.
Al menos mi disfraz es genial. Tenemos que encontrar uno para ti, ¡rápido!

¡BOOOOOOK!
Bok.
¡BOK!

¿Dónde está todo el mundo?
AHHHHHHH
AHHHHHHHHHHH
Diría que he tenido un escalofrío.
Porque eso ha sido un aullido escalofriante.
¡Dave! ¿Estás bien? ¿Qué ocurre?
Todo va bien, chicos. Solo quería reunirme con vosotros.
¿O sea que he tenido un escalofrío por nada?

¿Habéis visto a Bach?
Creía que estaba contigo.
¿No te acuerdas? Yo he ido a registrar la cocina.
¿Y qué has encontrado?
La próxima vez, piensa en el caso y no en tu estómago.
SÍ, JEFA. AHORA, A BUSCAR LOS HUEVECITOS DORADOS.
Primero encontremos a Bach.
¡¿BACH?!

?
QUÉ POLLO TAN INGENIOSO.
BOOO
¡OOOOOK!
NO FUE PRECISAMENTE ESCALOFRIANTE, PERO SERVIRÍA.
!!!

BACH, ¿CÓMO TE VA POR AHÍ ABAJO?
¿Y qué haces ahí abajo?
¡FLIPAAA!
BUENO, ALGO HAY QUE DECIR CUANDO BAJAS POR UN TOBOGÁN.
LUEGO...
¡ROAR!
¿Qué diantres?
Oye, T-Lex, resérvate las cuerdas vocales.
NO PODÍAN IMAGINAR QUE...

¡ROAR!
Algo me dice que ese rugido no era de T-Lex.
Ya...
LLEGÓ EL MOMENTO DEL SUSTO.

¡ROAR
¡GULP!

¿Qué hacéis en mi castillo?
¿Su castillo?
¿Es usted Cosmos?
Llega la semana de los Guardias de Seguridad Nacional...
Qué mejor manera de empezar el día.
Intrusos.
Mis guardias se van a la playa y se meten en mi castillo.
Tal vez no estén en la playa.
¿Cómo?
Puede que estén en el parque de atracciones.
O en el cine.
O EN UN SALÓN RECREATIVO, YA PUESTOS.

El caso es que sois unos intrusos.
¡GULP!
¿Y QUÉ CREÉIS QUE HAGO YO CON LOS INTRUSOS?
¿Los acompaña hasta la puerta y les desea un buen día?
¡JA! ¡JA!
¡JA!
Muy buena, pero ahora en serio: ¿qué hacéis aquí?

Hemos venido por los Huevecitos Dorados.
Ja Ja Je
Phew
¿Qué les pasa?
Mire este d-mail.
Querido$ DinOmí+icO$,
POr favOr, ayudA. LO$ Huevecit0$ DOradO$ cOrren peligrO.
Es+án @ pun+O dE rObarlO$ deL Ca$+illO de CO$mO$...
¡ESTO ES RIDÍCULO! OS ASEGURO QUE LOS HUEVECITOS DORADOS ESTÁN A SALVO.

Precisamente los están puliendo mientras hablamos.
¿HABÉIS VENIDO HASTA AQUÍ... PARA NADA?
¿Tenéis hambre? Estaba a punto de meterme en la cocina para preparar algo.
¿Hambre? Ahora sí que nos entendemos.
¡Un momento! Tenemos a un par de amigos más rondando por el castillo.
OOF
¡LA SEMANA DE LOS GUARDIAS DE SEGURIDAD NACIONAL ES LO PEOR!

Han desaparecido por un agujero, señor Cosmos.
Era un tobogán de lavandería.
Bueno, pero parecía un agujero.
¿Cómo podemos llegar a la lavandería?
Solo se puede acceder por el ascensor. Seguidme.
COSTUME CAVERN

¿Y no hay escalera?
Es que allí es donde también tengo las mazmorras, y no puedo dejar que se escapen los prisioneros.
Es necesaria una tarjeta magnética para activar el ascensor.
Y solo hay una tarjeta magnética.
¿Prisioneros?
¿Tiene mazmorras?
Relajaos. Solo las utilizo los miércoles.

¡HOY ES MIÉRCOLES!

Era broma, tranquilos. Es un castillo muy antiguo. El último propietario debió de ser bastante malvado.
MUAH HA HA HA
¡Vamos, que era broma!
Bueno, seguidme.
¡GULP!

CAPÍTULO 8
ANTE LA DUDA...
ABRAZO DE GRUPO
¡Guau!
CLUMP CLUMP CLUMP
¡Oh, no! ¿Qué hace-mos? ¿Huir?
No hay tiempo. Quieto.
Mirad, mi Caverna de Disfraces. Una de mis salas preferidas de todo el castillo.
¿Qué os parece?

Impresionante, señor Cosmos... pero tenemos que encontrar a nuestros amigos.
Mmmh... No recuerdo que esto estuviera aquí.
LAS COSAS SE PONEN FEAS PARA LOS DIPLOS...
¿Y por qué tiene un sofá en la cabeza? Es un disfraz terrible. Malísimo.
?
No parpadees, no parpadees.
Bueno, vamos a ver si encontramos a vuestros amigos.
Eso...

El ascensor está por aquí.
¡Uf! ¡Por los pelos!
¡WHUMP!
Ya te digo.
RECORDEMOS LO TONTO QUE ES...
¿Ya me dices qué?

¡DING!
Es aquí. Apretujaos.
¿De verdad?
COSMOS INTENTABA DECIR ALGO IMPORTANTE, PERO TENÍA LA CARA APLASTADA.
BLAH
BLAH
BLAH
BLAH
ODIA QUE LE PASE ESO.
¡DING!
Siento que sea tan estrecho. Vamos a buscar a vuestros amigos.
ES CURIOSO QUE LO DIJERA.

Esto es genial. Nunca había visto nada parecido.
¿Y qué pasa si te olvidas de la idea?
Que la bombilla desaparece. Pero se trata de Bach... El pollo más listo del mundo.
¡ABRAZO DE GRUPO!
Bok.
Cuánto me alegro de veros, chicos.

Mmfff, mmmfff, mmmfff.
T-LEX INTENTABA DECIR «EH, OTRO ABRAZO DE GRUPO», PERO TENÍA LA CARA APLASTADA.
MIENTRAS TANTO, LOS DINOS MALVADOS...
Bueno, ahora vayamos a buscar esos huevos.
Eso, vamos.
d
D

¡DING!
Creo que deberíamos comprobar que los Huevecitos Dorados estén bien.
Sí, ya que hemos venido desde tan lejos...
Bok.
Os lo aseguro, están bien. Los están puliendo en la sala de limpieza.
Pero este d-mail...
Seguramente lo mandó algún chiflado.

Creedme, los Huevecitos están a salvo, ¿de acuerdo? ¿Alguien tiene hambre?
Esta conversación se está volviendo interesante por momentos.
Me alegro de que los huevos estén bien, pero todavía no sabemos quién nos mandó el d-mail...
Mis tortillas están de muerte.
¡BOK!
¡BOK!
¡BOK!
¡BOK!
¡BOK!
Nada de platos con huevo.
Entendido.
Acabo de recordar que nos hemos quedado sin huevos.
Ya pensaremos algo.
Eso espero.

SUSURRO
SUSURRO
SUSURRO
Ya veo.
Lo siento, chicos. Me acaban de avisar de que no quedan pastas de aperitivo. Por algún motivo han desaparecido.
¡MUNCH!
Y dime, ¿por qué cruzaste la carretera?
bok.
¡SLURP!

Es nuestra oportunidad.
¿Nuestra oportunidad?
¿No lo has oído? Están puliendo los Huevecitos.
¿De verdad?
Sí. Busquemos la sala de limpieza y encontraremos los huevos.
Y robaremos los huevos.
¡Exacto!
Y seremos ricos, además de malvados.
MUAH HA HA HA HA

Vamos.
LA LA LA
LA LA LA LA LA

LA LA LA
SUSURRO
SUSURRO
SUSURRO
PSSSSST!
je
je
je
¡KA-BLAM!

???
je je je
je je je
je je je
je je je
?
je je je
je je je
je je je

... y justo cuando estaban a punto de atraparnos, Dave soltó el eructo más grande de la historia de los eructos.
¡Bien hecho, Dave!
¡COSMOS!
¡LOS HUEVECITOS DORADOS!
¿Sí? ¿Qué les pasa?
¡HAN DESAPARECIDO!

¿Que han desaparecido? ¿Quién puede habérselos llevado?
¿Qué hacemos ahora?
Deja que nos encarguemos de ello.
Atrapar malvados se nos da bien.
POR ALGO SOMOS...
¡CRASH!

¡LOS
DINO
MÍTICOS!

Seguramente ha sido nuestra archinémesis:
el Mamut Matón.
U otra de nuestras némesis: el Friquicerátops.
O el Tigre Dientes de Sable Perezo-so.
O el Marranoráptor.

Bok...

Hay un modo de descubrir quién lo ha hecho.

¿Sabéis algo ya?
Necesitamos ver la grabación de la cámara de seguridad cuanto antes.
Por aquí.
Bok...
Son ellos, muy bien.
Los Diplos... nuestra némesis número seis. Supongo que intentan subir posiciones.
¿Qué tiene en la cabeza?
Sabía que no formaba parte de la Caverna de Disfraces.

Un momento...
¡Ese sofá es mío!
¿A quién se le ocurre ponerse un sofá como disfraz?
De acuerdo.
Chupado.
Ahora ya sabemos quién se ha llevado los huevos.
Encima uno de ellos es tonto.
RECUPERAREMOS LOS HUEVECITOS DORADOS ENSEGUIDA.

CAPÍTULO 9
ANTE LA DUDA...
PREGUNTAD AL POLLO.
Tenemos los huevos y hemos fastidiado a los Dinomíticos.
je je je
A eso lo llamo yo un día perfecto.
je je je
PUES SÍ.
Huyamos de aquí.
¿No crees que correrías más deprisa si no llevaras un sofá en la cabeza?
¡Vamos!
¡BOING!
Ya echo de menos mi disfraz.

¿Cansado?
Mucho.
Debe-
ríamos
continuar.
Es que me
siento desnudo
sin mi disfraz.
PWWWWT
¿De dónde
los has
sacado?
Los llevo
siempre encima
para emergen-
cias.
¡CLAP!
¡CLAP!
¡CLAP!
¡SQUEAK!
¡SQUEAK!
¡SQUEAK!

Bueno, no es exactamente un sofá, ni un tronco.

Pero es ligero y es un disfraz. Vamos.

¿Adónde crees que han ido?
No tengo ni idea.
Yo tampoco.
ANTE LA DUDA, PREGUNTAD AL POLLO.
¿BOK?
¡BOK!
Han ido hacia el lago.

Oh, había olvidado el lago.
Ya lo cruzamos antes. Podemos volver a hacerlo.
¡ERRRRRT!
SOLO QUE NO PODÍAN VOLVER A HACERLO PORQUE NO HABÍA CAÑAS PARA RESPIRAR BAJO EL AGUA.
¿Crees que eso flotará?
No estoy seguro, pero ahora lo comprobaremos.
Tengo un mal presentimiento.
ES CURIOSO QUE LO DIJERA.

¿QUÉ HAY EN EL MENÚ? DINOSAURIO, CLARO.
¿Tienes hambre?
Sí, pero ¿cómo los atraparemos, si están sobre la balsa?
¿Con un torpedo?
SE ACABABAN DE QUEDAR SIN TORPEDOS, PERO LA IDEA NO ESTABA MAL.
PUEDE QUE OS ESTÉIS PREGUNTANDO «¿POR QUÉ NO ATACARON A LOS DINOS CUANDO CRUZARON EL LAGO LA PRIMERA VEZ?».
¡FELIZ TIBURAÑOS, XENA!
ESTABAN EN UNA FIESTA DE TIBURONES.

¡DEMASIADO TARDE!
¿Cómo es posible que alguien que se llama Tontus sepa navegar?
REALMENTE...
Vete a saber.
Bach, ¿alguna idea?
¿Bok?
¿Alguien lo ha entendido?

¿QUIÉN SABÍA CUÁNTO TARDARÍAN EN BORDEAR EL LAGO?
TAL VEZ NI SIQUIERA BACH.
Y JUSTO CUANDO PENSABAN QUE LAS COSAS NO PODÍAN IR PEOR...

CRASH!

Llueve.
Genial.
Bok.
Tendremos que buscar un refugio.
¿BOK?
¡Una cueva! Muy bien, Bach.
ESO SÍ QUE ES UN POLLO CON FUNDAMENTO.
Esto... chicos, ¿estáis seguros?

CAPÍTULO 10
¡AHHHHHHHHH!
¡Guau! Qué oscuro está esto.
Pues sí.
Extrema-damente oscuro.
Bok.
Qué me vas a contar a mí.
UN MOMENTO...

¡CLICK!
¡AAHHHH

HHHHHHHHHHHHH!

Squeak.
¿Cómo dices?
¿Cómo dices?
¿Cómo dices?
¿Bok?
Ejem...
¡SQUEEAAK!
ESO YA ESTÁ MEJOR.

Suerte que esas nubes de tormenta han pasado de largo. Es nuestro día de suerte.
SÍ, SEGUÍAN NAVEGANDO CON EL BOTÍN Y TODO IBA BIEN.
BUENO, TODO NO...
¡MUAH HA HA!
AHH
AHH
MUAJAJAJA: ALGO QUE SUELEN DECIR LOS TIBURONES ANTES DE COMER. VÉASE TAMBIÉN: «VEN CON PAPÁ».
¿QUÉ HACE-MOS?
¡Ya lo sé!
¡PHHHHT!
BASTANTE PATÉTICO...

VOLVIENDO A LA ABOMINABLE CUCARACHA...
AAHHHHHHHH
AHHHHHHHHHH!
¿Eso significa que no se quedan a merendar?

¡AAHHHHH!
¡AAHHHHHHH!
¡AHHHHHHHH!

No creo que esa criatura nos siga.
¿De quién ha sido la idea de entrar en la cueva?

¿BOK?

¡BACH!
LA BUENA NOTICIA ERA QUE HABÍAN CORRIDO TANTO QUE YA ESTABAN MÁS CERCA DE LOS HUEVECITOS DORADOS.
¡BOK!
Es verdad, tenemos una misión. Vamos, equipo.
¡BOK!
Me pregunto dónde deben de estar Diplodocus y Diplotontus.
YO TAMBIÉN.

CAPÍTULO 11
¡AHHHHHHHHH!
OTRA VEZ
¿QUÉ HACEMOS?
Tú vigila los huevos, yo me encargo de esto.
¡THWACK!
¡TOMA!
¡PIÑATA ROTA!

Déjalo.
SEGUNDO ROUND...
¡DING!
¡AL ATAQUE!
ESTO ES DEMASIADO VIOLENTO PARA MOSTRARLO.
¡BONK!
¡WHAP!

TRAS EL ENCUENTRO CON LA ABOMINABLE CUCARACHA, NUESTROS CUATRO HÉROES SIGUEN ADELANTE.
SIN SABER QUÉ PELIGROS LES ACECHABAN...
MONSTRUOS, CRIATURAS... TODO MUY INQUIETANTE Y OSCURO.

Y LUEGO...
RRRRRR RUMBLE
¡KA-BOOM!
SÍ, EXACTO. TRIPLE MALA SUERTE: VOLCÁN + EN ERUPCIÓN + EN MEDIO DEL BOSQUE.
¿El monte Bob?
Creí que estaba extinto.
Yo también.
Bok.
Creí que el monte Bob estaba exinto.
Yo también.
¡PSSSST!
YA SOMOS TRES.

JAMÁS HUBO UN MEJOR MOMENTO PARA HUIR CORRIENDO, SOBRE TODO PORQUE...
¡KER-POW!
¡POR ESO!
¡KA-BLAM!
¡RUN!
UN DÍA REALMENTE MALO PARA LOS DINOMÍTICOS.

Ojalá estar en casa jugando a videojuegos.
¡BOK!
EL POLLO DESEABA LO MISMO, Y ESO QUE NI SIQUIERA TENÍA PULGARES PARA JUGAR A VIDEOJUEGOS. ¡NI MANOS!
¡Oh, no!
¿Y ahora qué?
Solo podemos hacer una cosa.
¿DE VERDAD?

¡BURP!
Y que lo digas.
¡BUUUURRP!
¡Qué asco!
PERO BIEN QUE LOS HABÍA SALVADO ANTES.
¿Y ahora qué hacemos? ¿Alguna idea?
Bok.

CAPÍTULO 12
¡BOING!
Bok, eres un genio, pero no estoy seguro de que esto funcione...
¡KA-BOOM!
¡SUBAMOS AL TRONCO! ¡HUYAMOS DE AQUÍ!
¡YAH-HOOOOOO!

BUENO, AL MENOS CONSIGUIE-
RON CRUZAR EL RÍO DE LAVA.
¡AAHHHHHH!
Y TANTO QUE LO CRUZARON.
¡AAHHHHHHHH!
¡AAHHHHHHHH!
MIENTRAS LOS DINOS BUENOS VOLABAN, LOS
MALOS SEGUÍAN EN UN APRIETO...

¡AAHHHHH!
¡BUZZZ!
NOS...
¡... HUNDI-MOS!
¡A por ellos!
Eso, vamos.
ESE ERA EL PLAN, AL MENOS.
¡BLAM!
¡O-oh!
¡Que viene!

¡SPLO
¡NO!

SH!
¡SÍ!

¡WOO-HOOOO!
ESO SÍ QUE NO SE VE TODOS LOS DÍAS.
SOBRE TODO POR EL ASPECTO DEL DIPLOTONTUS.
¡Dentro música de surf!

MIENTRAS LOS DINOS MALOS SURFEABAN, LOS DINOMÍTICOS SEGUÍAN VOLANDO POR LOS AIRES TAN TRANQUILOS.

DEJÉMOSLO EN QUE SEGUÍAN VOLANDO POR LOS AIRES.

Y ENTONCES...
¡CRASH!
Cuidado con el aterrizaje, es para flipar.
Habla por ti.
ESO HACÍA.
¿Y ahora qué hacemos?
La misión sigue en pie. Todavía no hemos recupera-do los Huevecitos Dorados.
Y Diplotontus sigue siendo tonto.
EXACTO.

Ahora estamos más cerca. Ese tronco nos ha hecho un favor.
BOK.
Vamos.
Y ASÍ, LOS MÍTICOS SE PUSIERON EN MARCHA OTRA VEZ. SE HABÍAN TOPADO CON UNA ABOMINABLE CUCARACHA Y CON UN VOLCÁN EN ERUPCIÓN, SEGURO QUE PODRÍAN CON UN PAR DE LADRONES DE HUEVOS... SOBRE TODO TENIENDO EN CUENTA QUE UNO ERA TONTO.

Nada mal.
PARA SER TONTO.
¡Ajá! ¡Los coches de los Míticos!
Salgamos pitando de aquí.
PPFFFT RRRR
Quizá deberías arrancar el motor.
Oh.
POR ALGO SE LLAMA DIPLOTONTUS.

VROOOM
POR MONTAÑAS Y BOSQUES.
SCREEEEEEEE
MÁS MONTAÑAS Y MÁS BOSQUES.
¿Falta mucho?
Cállate, Diploton-tus.
¡Los otros dos coches! ¡Los hemos dejado intactos!
¡SCREEEEECH!

¿Y bien? ¿En qué estás pensando?
¡En un sabotaje!
VUELTA ATRÁS.
¡SCREEEEEE!
¡VROOOM!
¡VROOOOOM!
AL MENOS ESTA VEZ NO DICE LO DE «¿FALTA MUCHO?».
¡SCREEEEEECH!

Je
Je
Je
?
PSSSSSSSST
Siempre es agradable fastidiar a los Dinomíticos.
¡VROOOOM!
PSSSSSSSS
Je
Je
Je
Je
Je
Je
A ESO LO LLAMO YO UN BUEN DÍA. INCLUSO PARA UNOS MALVADOS.

13
SABOTAJE
¡Solo dos coches!
¿Qué hacemos?
¡SMOOCH!
¡SMOOCH!
Nos agruparemos. Bach, ven conmigo.
FLUB
FLUB
FLUB
FLUB
FLUB
FLUB
FLUB
FLUB
FLUB
FLUB
FLUB
FLUB

¡MALDICIÓN!
¡Doble maldición!
Triple.
Bok.
BONK
¿Y ahora qué?
Vete tú a saber...
¿BOK?
Muy bien, Bach.
No podemos seguirlos a pie. ¿Y si descansamos un poco?

?
¡BOK!
¡BOK!
?
¡BOK! ¡BOK! ¡BOK!
No todos los neumáticos están pinchados.
¡BOK!

De hecho, hay al menos dos neumáticos buenos en cada vehículo.
O sea que solo tenemos que...
Poner los neumáticos buenos en un vehículo.
BOK.
¡POP!
¡CLINK! ¡CLINK!
¡CLANG!
¡CLINK!

VROOOOM
¡CHÓ-CALA!
MIENTRAS TANTO, CRUZANDO MONTAÑAS Y BOSQUES...
LOS DIPLOS TENÍAN EN SU PODER LOS HUEVECITOS DORADOS. Y ENCIMA HABÍAN FASTIDIADO A LOS DINOMÍTICOS.
¡VROOOOM!
Eh, ¿hueles eso?
SNIFF SNIFF SNIFF
Parece pizza.
¿Pizza? En medio de las montañas?

Pues sí, es pizza. Suerte que Dave no está por aquí.
Sí, qué suerte.
EL APETITO DE DAVE ERA LEGENDARIO. INCLUSO SUS ARCHIENEMIGOS LO SABÍAN. Y SU APETITO POR LA PIZZA ERA EL MÁS FAMOSO DE TODOS.
¿De dónde viene?
Sigamos el olor.
SNIFF SNIFF
SNIFF SNIFF SNIFF
¡Sí, vamos!
¿No deberíamos preocuparnos por los Míticos?
Van a pie, ¿recuerdas?
SI ELLOS SUPIERAN...

¿Crees que funcionará?
Claro. ¿A quién no le gusta la pizza?
Bien, porque lo nece-sito de verdad.
Yo también
WAFT

SNIFF
SNIFF
SNIFF
SNIFF
SNIFF
SNIFF
SNIFF
SNIFF
SNIFF
LOS DIPLOS NO IMAGINABAN QUE LA PIZZA LA ESTABAN PREPARANDO LOS DINOSUCIOS.

SNIFF
SNIFF
SNIFF
SNIFF
SNIFF
SNIFF
SNIFF
A VER QUÉ PASA...

VROOM!
O-oh.
putt. putt. putt.
EL SABOTAJE ERA MEJOR DE LO ESPERADO. NADA MAL, TRATÁNDOSE DE DIPLOTONTUS.
No me digas que nos hemos quedado sin gasolina.
Sabotaje.
BOK.
¿Alguna idea?
NO, NO HAY GASOLINERAS POR ESOS BOSQUES.

CAPÍTULO 14
¡MIRA... HACIA EL CIELO!
LÍNEAS AÉREAS BRONTO LOCO
Vayamos a echar un vistazo. Atraparemos a Diplotontus y Diplodocus en un periquete.
Me preocupa ver las palabras «aéreas» y «loco» tan juntas.
Exacto.
Seguidme. Tengo un buen presentimiento.

CBA
¡HOWDY!
Bronto Loco, supongo.
¿Nos lleva en su avión?
NADA QUE SUPONER. EL TÍO ESTÁ LOCO Y PUNTO.
Claro.
¡Todos a bordo!

Funciona.
SNIFF SNIFF SNIFF
¿? ¿?
Por aquí, queridos.
¡AHH!
ENTRETANTO...
¡C-C-C-CRUNCH!
Contadme, ¿de dónde venís?

SPUTTER
SPUTTER
PFFFRT
¿De quién ha sido esta idea?
¡Dave!
¡MIRAD!

¡SON ELLOS! ¡PILOTO, PARE EL AVIÓN!
¿Que pare el avión? Estamos en el aire, cielo.
¡KER-CHUNK!
AUTO PILOT
Descansaré un poco.
Para ser sincero, se me da mucho mejor despegar que aterrizar.
¿NADIE GRITARÁ?

¡EEEK!
ESO ESTÁ MEJOR.

¡Muy bien, Bach!
Gracias por llevarnos, Bronto Loco.
Fue divertido mientras duró.
Suerte que no ha durado mucho.

¡FLUP!
Y LUEGO...
¡FLUP!
¡FLUP!
¡FLUP!
MÁS ABAJO, LOS DINOSUCIOS HABÍAN RODEADO YA A LOS DIPLOS.

¿Por qué llevo paracaídas, si tengo alas?
Un momento, ¿Tere-dáctilo no tiene alas?
Bok.
¡PIZZA!

CAPÍTULO 15
CÓMO RESCATAR A TUS ARCHIENEMIGOS
¡Olvídalo!
Bok.

¡SMOOCH!
¿Dónde están esos huevos?
¡SMOOCH!
¡SMOOCHIE! ¡SMOOCH!
Se lo preguntaremos a los diplos. Cantarán como canarios, si los presionamos un poco.

¿Entonces rescatamos a Diplodocus y Diplotontus?
¿Pero no son los malos?
Exacto.
Tenemos que rescatar a los diplos, de lo contrario no sabremos dónde están los Huevecitos Dorados.
¿Habéis visto a qué nos enfrentamos?
Esos Huevecitos valen una fortuna. Son un tesoro nacional.
Además, se lo hemos prometido a Cosmos.
¡GULP!...
¡Bok!

Seguidme.
Es horrible.
Terrible.
No puede ser.
¡Bok!

Que no quede ni una mancha.
No volverán a llamarnos dinosucios.

De acuerdo, T-Lex y yo haremos salir a los dinosucios.
Dave y Bach entrarán por la puerta trasera y rescatarán a los diplos.
¿Y cómo los haremos salir?
?
¿No has oído hablar de la llamada fantasma?
DING
DONG

¿Sí?
¿Hola?
¿Hay alguien ahí?
Ahora o nunca.
Eh, malotes, por aquí.
Bok.
La llamada fantasma. ¡Genial!

Ha sido impresionante. ¿Nos habéis visto?
Buen trabajo, equipo.
¡Cómo molamos!
Bok.
A BACH LE GUSTABA BOKAR... ESTO, MOLAR.
¡ABRAZO DE GRUPO!
¡SHHHH!
MAL MOMENTO...

Huyamos de aquí.
Sí, vamos.
Je
Je
Je
¡SCREEEE!

CAPÍTULO
16
Y LUEGO...
NOOOOOOO
¡BOOOOOOK!
¿Y ahora qué?
SÍ, ¿QUÉ?

POR LAS MONTAÑAS...
¡VROOOOM!
VROOOM
Y POR LOS BOSQUES.
¡VROOOM!

MIENTRAS TANTO...
POR...
... LAS...
... MONTAÑAS...

... Y POR...
... LOS...
¿... PANTANOS?

BIENVENIDOS A DINÓPOLIS
O MEJOR AÚN, ¡BIENVEDINOS!
¿Alguien sabe dónde está su escondite?
A diferencia del nuestro, creo que su escondite secreto es secreto de verdad.
¿Qué le diremos a Cosmos?
Que nos han derrotado.
Y JUSTO CUANDO TODO PARECÍA PERDIDO...

Busquemos su escondite. Quizá tengamos suerte.

¡Salud!
¡CLINK!
¿Qué se siente siendo asquerosamente rico?
D
d
¿Qué es...?
¿... eso?
¡CRACK!

¡SQUAWK!
¡AAAHH

¡SQUAWK!
¡GAH!
SQUAWK!

¿QUÉ? ¡SON JOYAS! ¡LAS JOYAS NO SALEN DEL CASCARÓN!
¡CHOMP!

¡PUES YA TE DIGO YO QUE HAN SALIDO!

¿Qué hacemos?
Yo sé lo que haré.

¡SOCO-
RRO!

¡No me lo puedo creer!
¿No son joyas?
¿No son un tesoro nacional?
¿Bok?
Bueno, quien lo roba, lo cría.
¡SNAP!
¡Cosmos estará encantado con esto!
Y QUE LO DIGAS.

AL CABO DE UNOS DÍAS...
Y se los comió a todos.
EL VELOCIRAPTOR FEROZ

¿HOLA? ¡NECESITO UN POCO DE AYUDA!
D
EL VELOCIRAPTOR FEROZ

DE NUEVO, TODO VA BIEN EN DINÓPOLIS.
¡CHOCA ESOS CINCO!
BUENO, TAL VEZ TODO NO.
¡HURK!
¿Quedamos mañana para desayunar en el Pub Paleo?
Fantástico.
Bok.

LOS DINOMÍTICOS QUEDARON SATISFECHOS POR EL TRABAJO BIEN HECHO.
T-LEX LE MANDÓ UNA FOTO DE LOS «HUEVECITOS» A COSMOS POR CARACOL MENSAJERO.
JUNTO CON UNA CARTA EXPLICANDO TODO EL ROBO DE LAS «JOYAS».
BACH DEJÓ QUE LOS DEMÁS ESCRIBIERAN LA CARTA PARA NO ARRUGAR EL PAPEL CON LAS PATAS.

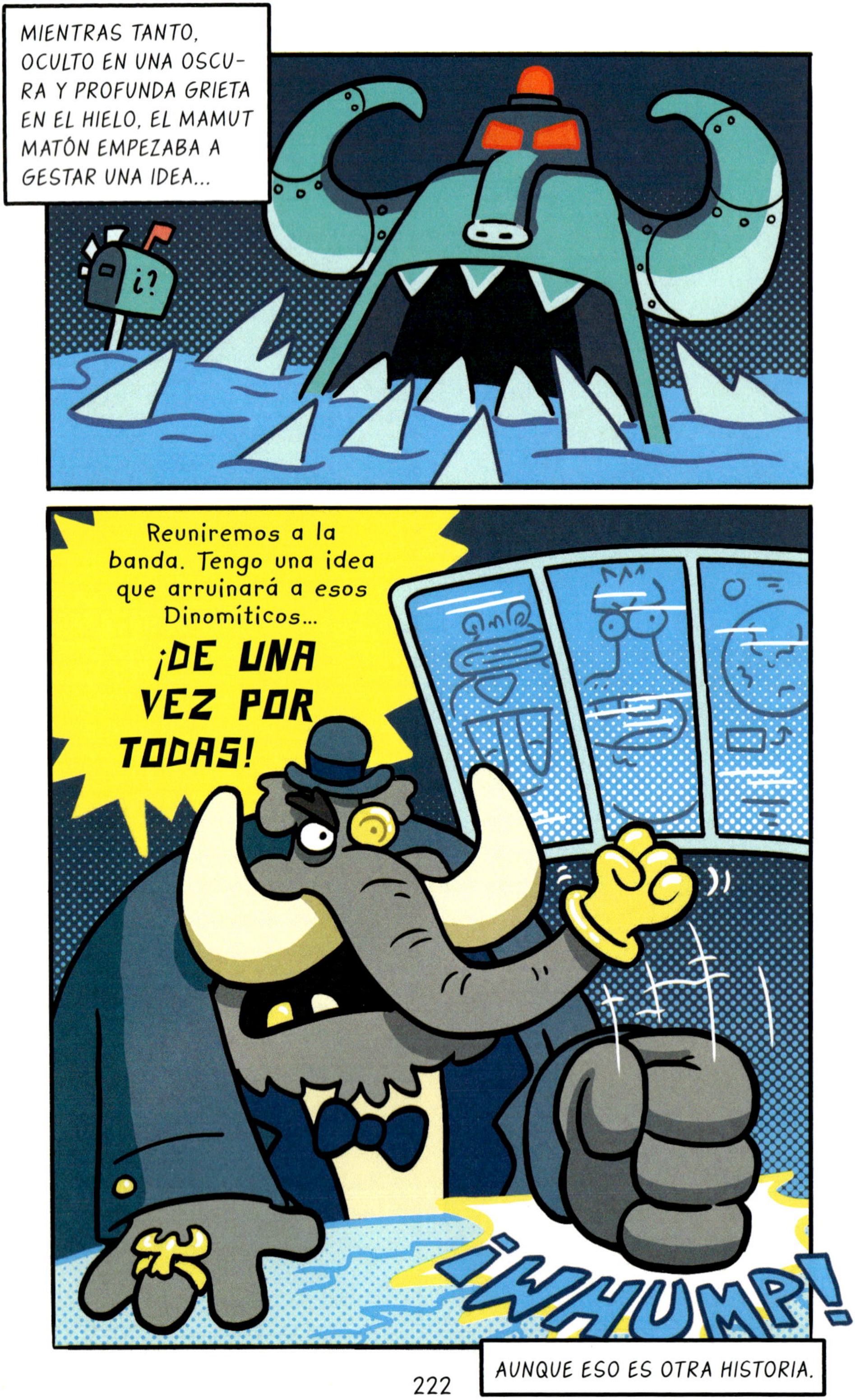
MIENTRAS TANTO, OCULTO EN UNA OSCURA Y PROFUNDA GRIETA EN EL HIELO, EL MAMUT MATÓN EMPEZABA A GESTAR UNA IDEA...
¿?
Reuniremos a la banda. Tengo una idea que arruinará a esos Dinomíticos... ¡DE UNA VEZ POR TODAS!
¡WHUMP!
AUNQUE ESO ES OTRA HISTORIA.